I0550697

LA
BATELIÈRE DU LOIRET,

COMÉDIE

EN UN ACTE, MÊLÉE DE VAUDEVILLES,

Par M. OURRY;

*Représentée, pour la première fois, à Paris
sur le Théâtre de la Porte-Saint-Martin, le 28
Août 1815.*

*En collaboration avec
Alissan de Chazet*

PARIS,

CHEZ J. N. BARBA, LIBRAIRE, PALAIS-ROYAL,
DERRIÈRE LE THÉATRE FRANÇAIS, N°. 51.

De l'Imprimerie de HOCQUET, rue du Faubourg Montmartre, n°. 4.

1815.

Yth
1791

PERSONNAGES.

ACTEURS.

SUZETTE, jeune batelière. . . Mme. *Florval.*

LE BAILLI, vieillard . . . . . M. *Pascal.*

MALVISART, son greffier,
   autre vieillard . . . . M. *Emile.*

BASTIEN, jeune villageois,
   amant de Suzette. . . . . . . M. *Thibouville.*

COLIN, }
ALAIN, } jeunes paysans. . . . M. *Théodore.*

BABET, jeune paysanne. . . . Mlle. *Mariany.*

LISE, *idem.* . . . .

UN TABELLION.   M. *Bursay.*

Deux Messiers.

Villageois.

Villageoises.

Un tambour.

————————

La scène est dans un village.

LA
BATELIÈRE DU LOIRET,

Comédie en un Acte.

Le théâtre représente une campagne agréable que tra-
verse le Loiret, dans lequel on voit une petite île,
ombragée de plusieurs arbres. Sur le devant de la
rivière est un petit bateau, dans lequel paraît Su-
zette, au lever de la toile.

SCENE PREMIERE.

SUZETTE, *seule.*

Air : *Suzon sortait de son village.*

Tout en disant ma chansonnette,
Sur le Loiret, dans mon bateau,
Batelière vive et jeunette,
Chaque jour je fais passer l'eau.
 » Eh ! ramez donc,
 » Mam'zell' Suzon,
 Vient-on me dire ;
« Ah ! daignez nous conduire.
 » Ah ! ramez donc,
 » Jeune Suzon ;
 » Auprès de vous,
 » Le trajet est si doux ! »
A ces messieurs, moi je répète :
J'aurai peine à m'y décider,
Car l'amour seul devrait guider
Le bateau de Suzette.

(Elle sort de son bateau.)

Même air.

Si la bonté, l'amitié tendre
Veulent aller sur l'autre bord
Je ne les fais jamais attendre,
Et nous sommes bientôt d'accord.
 Mais le galant
 Entreprenant,

Et qui se croit certain de sa conquête ,
Me dit en vain
D'un air calin :
« Eh ! ramez donc. »
Je répond :
Non , non , non.
Votre allure est trop indiscrète .
Ailleurs vous n'aurez qu'à passer.
Monsieur , vous pourriez renverser
Le bateau de Suzette.

Et Bastien qui ne revient pas ; il est allé de grand matin
chercher des rubans et des fleurs pour la fête du village.

Air : *Vaudeville des Maris ont tort.*

Moi , j'aime à voir dans cette fête
L'espérance de mon bonheur.
Pour le jeu de l'arc on s'apprête;
L'hymen est le prix du vainqueur.
Fais que Bastien en ait la gloire ,
Amour, toi qui connais ses droits ,
Prête-lui pour cette victoire
Une flèche de ton carquois.

(*Regardant dans la coulisse.*)

Voilà déjà le Bailli; il vient me parler pour son vieil ami ,
le greffier Malvisart. Je voudrais bien , une fois pour toutes,
me débarrasser de ses confidences.

SCENE II.

LE BAILLI, SUZETTE.

LE BAILLI.

Air : *Tout le long , le long de la rivière.*

Bonjour , la perle du canton ,
Aimable et folâtre Suzon ;
Trop heureux , belle batelière ,
Celui qui, certain de vous plaire ,
Avec vous , dans votre bateau
Pourrait suivre le fil de l'eau !
Il serait sûr , bien sûr de voir Cythère
Tout le long , le long , le long de la rivière.

SUZETTE.

Cythère ? je ne connais pas ce pays-là.

LE BAILLI.

Auprès de vous, on n'en est pas bien loin.

SUZETTE.

Je ne vous comprends pas , monsieur.

LE BAILLI.

Ah ! petite méchante, vous ne voulez pas me comprendre : j'ai pourtant quelque chose de bien essentiel à vous dire. (*A part.*) c'est le moment de risquer une déclaration.

SUZETTE, *à part.*

Il va encore me vanter son greffier. (*Haut.*)

Air : *Vas d'une science inutile.*

De Malvisart, de sa tendresse,
Tenez, ne parlons plus, monsieur.

LE BAILLI.

Du greffier, moi servir l'ivresse !
Ah ! revenez de votre erreur.
Pour vous plein d'une ardeur extrême,
D'un sot j'irais vous occuper ;
Suzon, je parle pour moi-même.

SUZETTE.

Pardon, l'on pouvait s'y tromper.

LE BAILLI.

Se tromper entre moi et Malvisart.

Air : *De Catinat.*

Que dites-vous, ma chère, il est difforme et vieux.

SUZETTE.

Il est de votre âge.

LE BAILLI.

Oui, mais consultez vos yeux.
Lui seul a ressenti les outrages du tems,
Il a cinquante hivers, j'ai cinquante printems.

SUZETTE.

Air : *Je suis Lindor.* (de Paësiello.)

A votre gré vous dépeignez les choses ;
Sur un seul point je ne vous croirai pas ;
Du sombre hiver il a bien les frimats,
Du doux printems vous n'avez pas les roses. (*bis*)

LE BAILLI, *en colère.*

Je vois ce que c'est, un autre amant a su vous séduire.
Fort bien, mademoiselle ; nous saurons quel est cet amant,
pour qui l'on me dédaigne, nous le saurons !...

SCENE III.

Les mêmes, MALVISART, *entrant sans être vu.*

LE BAILLI, *continuant.*

Refuser un galant homme, un homme d'esprit !

MALVISART, *à part.*

On parle de moi.

LE BAILLI, *toujours à Suzette.*

C'est une horreur ! c'est ce qu'il y a de plus affreux !

MALVISART, *se montrant.*

Ah! Bailli , je vous reconnais bien là! quel ami vous êtes !

LE BAILLI, *troublé.*

Comment, vous étiez là?

MALVISART.

Eh ! oui , eh ! oui ; continuez , mon cher , continuez à chapitrer cette petite entêtée qui ne veut pas] me trouver aimable.

SUZETTE.

Oh! monsieur le greffier , je suis incorrigible.

LE BAILLI.

Ah ! si mes fonctions ne me réclamaient pas.... mais soyez tranquille. . . . .

Air : *Ce Magistrat irréprochable.*

Puisque je vois qu'un vain caprice
M'ôte l'espoir de vous fléchir ,
Par autorité de justice
On saura se faire chérir.

MALVISART.

Pour triompher de la rébelle,
Unissons nos efforts heureux.

LE BAILLI.

Oui , bientôt vous verrez, cruelle,
Qu'une bête et moi çà fait deux.

TOUS DEUX.

Oui , bientôt, etc.

(*Le bailli sort.*)

SCENE IV.

SUZETTE, MALVISART.

MALVISART, *à part.*

A présent que me voilà seul, tâchons de parler moi-même.... avec une certaine éloquence. (*Haut à Suzette.*) Mademoiselle....

Air: *Je ne vous dirai pas j'aime.*

Je ne vous dirai pas: j'aime,
Ce langage est trop commun,
Et mon amour voudrait même
Pour vous en inventer un ;
Mais du moins je suis habile
Dans la langue des romans,
J'ai lu tous ceux de la ville...

SUZETTE.

Ah! vous perdez votre tems,

MALVISART, *avec emphâse.*

Charmante Suzon,
Ma faible raison
De vos yeux si doux
N'a pu détourner les coups,
Mes bras sont offerts,
Suzette, à vos fers;
Et par vos rigueurs,
A tous les instants je meurs.

SUZETTE.

A Paris, ce beau langage
Par fois peut être goûté,
Nous préférons au village
L'aimable simplicité.
Mais tous ces grands mots, vous-même,
Monsieur, les comprenez-vous ?
Tout simplement l'on dit: j'aime,
Pour être entendu chez nous.

MALVISART.

Ah! vous aimez la simplicité...

Air: *Mon Père était pot.*

Eh bien! parlons tout simplement :
D'esprit je me dispense.
Suzette, il vous faut un amant,
C'est tout simple, je pense ;
C'est tout simple aussi
Qu'on soit le mari
De celle qu'on adore :
Je suis assuré
Que je le serai ...
Et c'est tout simple encore.

SUZETTE.

Ah! vous voulez être mon mari malgré moi !

MALVISART.

Votre main doit être le prix de l'adresse ; le jeu de l'arc
est là, et je réponds de toucher le but.

SUZETTE.

Air: *Vaudeville de l'Opéra Comique.*

Quand vous seriez l'heureux vainqueur ,
Ce triomphe ne peut suffire ,
Il faut encor que notre cœur
Eprouve l'amour qu'il inspire.
Vous échoûriez dès le début ,
Si cet espoir était le vôtre :
Votre flèche en touchant but,
En manquerait un autre.

MALVISART.

Je vous entends, maligne batelière.

Air: *Je suis un Chasseur plein d'adresse.*

Je sais qu'un galant plein d'adresse
Se flatte de vous obtenir ;
Pour punir
Ce feu qui me blesse ,
Que je voudrais le voir venir !
Bientôt témoin de sa défaite..

BASTIEN, *qu'on ne voit pas.*

Suzette , ma belle Suzette ?

SUZETTE.

De Bastien n'est-ce pas la voix ?

MALVISART, *à part.*

Oui, c'est ce drôle, je le crois.

SUZETTE, *à Malvisart.*

Eh bien ! monsieur , que feriez-vous ?

MALVISART.

Il sentirait tout mon courroux... (*à part*)
Mais par prudence esquivons-nous..

SUZETTE.

Voulez-vous qu'il passe chez vous ?

MALVISART, *en s'en allant.*

Qu'il vienne , il verra mon courroux.
(*à part.*) Mais par prudence, cachons-nous.

(*Il sort.*)

SCENE V.

SUZETTE, BASTIEN, *sur l'autre bord.*

BASTIEN.

Air : *de la Tyrolienne.*

Pour t'obéir , parti depuis l'aurore ,
Avec regret , j'ai quitté ce séjour.
Je te revois , Suzette , et je t'implore !
De ton amant abrège le retour.

SUZETTE.

A ses vœux faut-il me rendre ?
Quel pénible embarras !
L'amour dit : il faut l'entendre,
La raison : n'écoutepas.,
    Faut-il en ce jour
    En croire l'amour !
    Ou bien vaut-il mieux
    Redouter ses feux ,
Et laisser , pour me défendre ,
La rivière entre nous deux ?

(Reprise en duo.)

BASTIEN.

Eh bien ! Suzette ?

SUZETTE.

Non, monsieur, non, décidément vous ne viendrez pas
sur mon bateau.

BASTIEN.

Ah ! tu crois cela.

Air : *Il faut que l'on file file.*

Suzon, ta menace est vaine ,
Je saurai bien t'en punir ;
Tu ne veux pas que je vienne,
A moi je te fais venir.

(Saisissant une corde attachée au bateau et qui va jusqu'à
l'autre bord.)

Cette corde m'est utile ,
Et par un moyen facile
Finit la guerre entre nous ;
Il faut que l'on file , file , file ,
Il faut que l'on file doux.

(Il attire le bateau à lui et y monte.)

SUZETTE.

C'est bien mal à vous, monsieur, c'est bien mal, et je m'en
défierai une autre fois.

BASTIEN.

En attendant, je t'embrasse par droit de conquête; je
t'ai prise à l'abordage.

SEZETTE.

Eh bien , eh bien ! où nous menez-vous donc à présent?

BASTIEN.

Dans cette petite île qu'on a nommée l'île du mystère ;
nous y ferons la paix.

Air : *Quand on ne dort pas la nuit.*

Non , non, Bastien , je ne saurais
Avec vous aborder cette île ;
Souvent des amans indiscrets
Visitent les ombrages frais

La Batelière.   **B**

Qui parent ce riant asyle ;
Mais quand l'amour dans ce séjour
A conduit bergère naïve ,
Tout bas elle dit au retour :
Il est tems (*bis*) que l'hymen arrive.

BASTIEN.

Même air.

L'hymen ! eh bien ! ce nœud flatteur
Avec moi peut-il te déplaire ?
Saisissons l'instant du bonheur ,
Cède à mes vœux , cède à ton cœur ,
De ce côté tournons , ma chère.

SUZETTE.

Finissez donc , un tel transport
Alarme ma vertu craintive :
Hâtons-nous de toucher le bord ;
Il est tems (*bis*) que ma barque arrive.

(*Elle saute à terre ; il la suit.*)

SUZTTE.

Ah ! dieu merci, voici tout le village.

BASTIEN.

Arrivez, mes amis, arrivez , voici les rubans et les fleurs
que j'apporte.

SCENE VI.

Les précédens, GARÇONS ET FILLES.

(*Les garçons portent leurs arcs et leurs fléches.*)

BASTIEN.

Air : *Allons danser sous ces ormeaux.*

Arrêtez-vous au bord de l'eau ,
Offrant aux belles
Fleurs nouvelles ,
Que chaque amant à son chapeau
En reçoive un ruban nouveau.

BABET, *à Suzette.*

Bastien courut pour nous servir ,
Il lui faut une récompense ,
Soyez la première à choisir.

BASTIEN.

Mon cœur m'avait payé d'avance.

TOUS.

Assis ensemble au bord de l'eau ,
Que Bastien pour sa récompense ,
Du ruban pour lui le plus beau
Soudain voie orner son chapeau.

BABET.

Allons , Suzette, choisis.

SUZETTE.

Cela ne laisse pas que de m'embarasser.

(*Montrant les rubans à Bastien.*)

Air : *Un prix se donne tous les ans.*

Le blanc désigne la candeur,
Le rouge, le désir extrême ;
Le vert, l'espoir consolateur ,
Et le bleu, le bonheur suprême :
Pour toi, duquel ferai-je choix ?

BASTIEN.

Le bleu seul charme ma pensée.
Ce soir, j'y puis avoir des droits ,
Si l'adresse est récompensée.
Des couleurs de l'aimable espoir ,
Orne-moi donc , ma tendre amie ,
Donne le vert, mais pour ce soir
Garde-moi le bleu, je te prie.

TOUS.

Air : *Allons danser.*

Assis ensemble au bord de l'eau ,
A chaque fête
Qui s'apprête ,
Amans , ainsi votre { chapeau
Belles , ainsi notre {
S'ornera d'un ruban nouveau.

(*Pendant ce couplet, toutes les jeunes filles ont attaché les rubans qu'elles choisissent aux chapeaux et aux arcs de leurs amans.*)

ALAIN, *montrant un ruban jaune.*

Air : *Il est pris.*

Il en reste un encore ,
De ce ruban nul ne se décore.

BASTIEN.

Des couleurs de l'aurore
Ce n'est pas celle-ci
Que préfère un ami,
Un mari
Bien chéri.

ALAIN.

Mais , nous devons penser
Pourtant à le placer.

BASTIEN.

Il faudrait pour bien faire
Qu'il nous survint en pareille affaire ,
Galant sûr de déplaire ,
Ou vieil amant transi.

SCENE VII.

Les Mêmes, MALVISART, *son arc à la main.*

Fin de l'air.

MALVISART.
Me voici.

TOUS,
Le voici.

SUZETTE, *lui donnant le ruban.*
Le voici.

MALVISART, *s'attachant le ruban.*
Dieu ! quelle faveur !

Air : *Dans le cœur d'une cruelle.*

De la main d'une cruelle ,
Je reçois cette couleur ,
Je vois sa fierté rébelle
Déjà céder à mon cœur.
L'honneur m'appelle ,
Et je veux être vainqueur ,
Pour mériter la couleur
Que me destine une cruelle.

L'honneur m'appelle etc.

TOUS,
L'honneur l'appelle ,
Si le sort le rend vainqueur ,
Il mérite la couleur
Que lui destine une cruelle.

BASTIEN, *regardant dans la coulisse.*
Chut! voici monsieur le Bailli avec son cortège des grands
jours.

SCENE VIII.

Les Mêmes, LE BAILLI, *suivi de deux messiers ri-
diculement armés.*

LE BAILLI, *avec emphâse.*
Air : *La Garde passe, il est minuit.*

À la fête qu'on donne ici ,
Gardes , suivez votre bailli.

LES DEUX MESSIERS.

Suivons bien monsieur le bailli.

LE BAILLI, *aux villageois.*

Allons, allons, qu'on fasse place,
Et que ma garde passe ;
C'est l'ordre du bailli.

(*à un homme qui porte un fauteuil.*)

Vous, placez-là ce fauteuil-ci,
Je dois surveiller tout ceci.
C'est ici (*bis*) bien assis,
Et surtout bien rassis,
C'est de ce tribunal auguste
Que ma main toujours sage et juste
Décernera le prix.

MALVISART.

Je suis prêt.

TOUTES LES FILLES, *à leurs amans*, ET SUZETTE, *bas*, *à Bastien:*

Air : *De la chasse,*

Allons, amans, que chacun s'empresse,
Pour vous, nos yeux vont rester à l'affût.
Si tu me veux prouver ta tendresse ,

Mon cher { Colin / Alain / Bastien / Lucas } ne manque pas le but.

COLIN, *tirant sa flèche.*

Avec ce trait j'ai gagné, je parie.

BABET.

Un peu trop haut, hélas! il est lancé.

ALAIN, *tirant sa flèche.*

Ah ! si le mien servait bien mon envie !

LISE.

Un peu trop bas, hélas ! tu t'es placé.

TOUTES LES FILLES, *à leurs amans*, SUZETTE, *bas*, *à Bastien.*

Que cet exemple aujourd'hui t'éclaire,
Et du vrai point sois toujours à l'affût;
Il ne faut pas rester en arrière,
On ne doit pas non plus passer le but.

MALVISART, *tirant sa flèche, après avoir mis ses lunette.*

Moi qui n'ai pas les visières bien nettes,
D'un tel secours je me sers au besoin.

TOUS et SUZETTE.

Une autre fois mettez mieux vos lunettes,
Du but, monsieur, vous êtes le plus loin.

BASTIEN, *s'avançant et tirant sa flèche au dernier vers.*

De se ranger que l'on se dépêche,
D'un seul objet, moi, j'attends mon salut.
Son doux regard tombe sur ma flèche ;
La flèche part, et je frappe le but.

MALVISART.

Ma foi, c'est qu'il ne l'a pas manqué.

TOUS, *excepté le Bailli, Malvisart et Bastien.*

Air : *Chantons l'hymen, chantons l'amour.*

Honneur, honneur
Au trait vainqueur !
Bastien lui seul a ce bonheur.
Sage bailli, du don d'un cœur,
Récompensez l'heureux vainqueur.

LE BAILLI, *avec emphase.*

Bastien, nomme-moi celle
Qui sut fixer ton choix :
Je l'unis à ta belle,
Je le puis, je le dois.

BASTIEN.

Eh bien ! Suzette a mon amour,
Elle m'accorde un doux retour.

TOUS.

Unissez-les donc en ce jour.
Quel doux moment pour leur amour !

BASTIEN et SUZETTE.

Unissez-nous donc en ce jour.
Quel doux moment pour notre amour !

MALVISART et LE BAILLI, *à part.*

Quel fâcheux tour
Pour notre amour !

Ensemb.

MALVISART, *bas au Bailli.*

Comment, vous pourriez souffrir ce mariage ?

LE BAILLI.

Air : *du Vaud. de Bastien et Bastienne.*

Non, non, rien n'est fini,
Car je dois seul à Suzette
Parler avant qu'ici
Elle choisisse un mari.
(*aux villageois.*)
Vous reviendrez dans un instant
A la noce que je projette.

MALVISART, *à part.*

C'est de la mienne assurément
Qu'il veut parler en ce moment.

LE BAILLI, *à part.*

Bon, bon, ils partent tous,
On me laisse avec Suzette;
Bon, bon, ils partent tous,
Pour mon cœur rien n'est plus doux.

LES VILLAGEOIS..

Bon, bon, éloignons-nous
Pour le bonheur de Suzette ;
Bientôt nous viendrons tous
Fêter ces heureux epoux.

SUZETTE et BASTIEN.

Ensemble.

Hélas ! ils partent tous,
Que deviendra donc Suzette ?
Hélas ! ils partent tous,
Quel moment fâcheux pour nous !

MALVISART, *à part.*

Bien, bien, ils partent tous,
Et moi je guette Suzette ;
Bon, bon, ils partent tous,
Pour mon cœur rien n'est plus doux.

LE BAILLI.

Eh bien ! monsieur, encore ici !

BASTIEN, *à part.*

Je puis m'éloigner sans crainte, je suis sûr de ma Su-
sette.

LE BAILLI, *prenant Malvisart.*

Air: *Vaudeville de Partie carrée.*

Vous, quand j'aurai quitté Suzette,
Restant près d'elle assidûment,
Prévenez bien tout tête-à tête
De la belle avec son amant;
Songez qu'il faut que leur hymen se rompe.

MALVISART.

Allez, mon cher, Bastien sera dupé.
J'ai l'œil fin, et si l'on me trompe,
Je serai bien trompé.

(*Pendant ce tems, Bastien baise la main de Suzette, et
sort ensuite; Malvisart sort d'un autre côté.*)

SCENE X.

SUZETTE, LE BAILLI.

LE BAILLI.

Ainsi donc , mademoiselle , vous refusez l'honneur que
veut vous faire un Bailli. Vous oubliez donc que votre sort
dépend de moi.

SUZETTE, *à part.*

Air : *Mon bon André.*

Je ne sais trop ce qu'il va faire.

LE BAILLI.

Vous savez que de la rivière ,
Seul , je nomme la batelière ,
Et j'ai bien voulu vous choisir.

SUZETTE , *à part.*

Je devine son désir ,
D'ici je le vois venir.

LE BAILLI.

Aujourd'hui d'une grâce insigne (*bis*)
Je puis prolonger par mon choix
Pour vous et l'usage et les droits,
Mais il faut vous en rendre digne.

SUZETTE.

Et, monsieur, quel est le moyen ?

LE BAILLI.

Il faut , abandonnant Bastien ,
Avec moi d'un tendre lien...
Bref ! vous me comprenez bien.

SUZETTE.

Oui , je devine fort bien.

LE BAILLI.

Vous me devinez, Suzette ; eh quoi! en resteriez vous là?

SUZETTE , *à part.*

Air: *Elle a fait un voyage.*
Dissimulons pour un moment.
(*haut.*) Eh bien ! je cède à votre ivresse.

LE BAILLI.

Il est encore, objet charmant,
Un prix qu'exige ma tendresse,
Pour cette ile partons ;
D'amour pour nos garçons,

C'est un pélerinage :
Chez l'hymen nous débarquerons
Au retour du voyage. (*bis*)

SUZETTE.

Un moment, j'ai aussi mes conditions.

LE BAILLI.

Comment ?

SUZETTE.

Vous m'avez nommé batelière, mais j'exige qu'un dédit
m'en assure le privilège.

Même air.

Ah ! de grand cœur ! (*à part*) et de ce prix
Aisément mon bonheur s'achète.

SUZETTE, *à part.*

Dans mes filets il sera pris ,
Déjà de lui même il s'y jette.
(*haut.*)   Votre bouche le dit ,
Qu'à l'instant un écrit
M'en soit le témoignage.

LE BAILLI.
Eh bien ! je promets le dédit ,

{ Promets-tu le voyage ?
SUZETTE.
Je promets le voyage.

(*Le Bailli sort en exprimant par ses gestes qu'il croit avoir
trompé Suzette.*)

SCENE IX.

SUZETTE, *seule.*

Air: *Ma barque légère.* (de la Rosière.)

Contre le corsaire
Qui croit me tenir ,
Ma barque, j'espère,
Saura me servir.
Vainement le traître
Pense me duper :
Lui-même peut-être
S e verra tromper.
Du plan que m'inspire
Un tel entretien ,
Essayons d'instruire
En secret Bastien.
Si l'amant que j'aime,
Aide à mon effort,
Le bailli lui-même
Nous conduit au port.

La Batelière.   C

J'apperçois mes jeunes compagnes , il faut qu'elles favo-
risent mon projet.

SCENE XI.

SUZETTE , VILLAGEOIS , VILLAGEOISES.

SUZETTE.

Air : *Je regardais Madelinette.*

Pour moi que votre amitié brille ,
Secondez un heureux détour.
Il faut ici que chaque fille
Se prête aux ruses de l'amour.

BABET , *à Suzette.*

Votre amant avec nous s'avance ,
Mais le greffier le suit des yeux.

SUZETTE.

A Bastien , malgré sa présence ,
J'apprendrai tout, grâce à nos jeux.
(*Elle leur parle bas.*)

SCENE XII.

Les Mêmes , BASTIEN , le Greffier MALVISART.

MALVISART , *à Bastien qu'il suit et qu'il empêche toujours
de s'approcher de Suzette.*

Ensemble.

Vainement votre adresse brille ,
On ne m'apprend aucun détour
De l'œil suivant garçon et fille ,
Je saurai surveiller l'amour.

BASTIEN.

Doux moment ! pour moi l'espoir brille.
Suzette médite un détour;
Dans ses jeux , elle n'est pas fille
A vouloir oublier l'amour.

SUZETTE.

Doux moment ! pour moi l'espoir brille ,
Ils seront dupes du détour.
Dans mes jeux je ne suis pas fille
A vouloir oublier l'amour.

BASTIEN.

Voyons , quel jeu choisirons-nous ?

ALAIN.

La main-chaude.

UNE FILLE.

La clignemusette.

COLIN.

Le colin-maillard.

BABET.

Non , non , monsieur Colin.

Air : *Il n'en est point de généreux.*

Ce jeu–là ne nous convient pas ;
On peut y craindre une surprise.
Quand un amant court sur ses pas ,
La plus adroite est bientôt prise.
Un exemple doit nous frapper ,
Chaque jour, sans qu'elles'en doute ,
Fillette se laisse attraper
Par un enfant qui n'y voit goute.

SUZETTE.

Voulez–vous m'en croire ? prenont le jeu de l'avocat.

BABET.

Il doit être joli , celui-là.

BASTIEN.

Soyez tranquilles , mesdemoiselles, on y parle beau-coup.

SUZETTE.

Je vais vous l'expliquer.

Air : *Quand les bœufs vont deux à deux.*

Deux à deux placez-vous là ,
L'un pour l'autre on parlera.

TOUS.

Deux à deux plaçons-nous là ,
L'un pour l'autre on parlera.

SUZETTE.

Pour son amant chaque belle ,
Puis son amoureux pour elle
Tour–à–tour on répondra .
A présent , je le suppose ,
Vous comprenez bien la chose ,
Commençons donc ce jeu-là.   (*à Colin.*)
Çà dites-moi, belle Babet ,
   Si Colin vous plairait ?

COLIN.

Colin me plait , mais mon cœur
A pour lui trop de rigueur.

SUZETTE, *riant, à Colin.*

A merveille, votre cœur,
Babet, a de la candeur.

COLIN.

C'est mon tour, je le réclame. (*à Suzette.*)
Dites-nous de qui votre âm e,
Bastien, s'occupe à part soi?

SUZETTE, *vivement.*

De Bastien.

COLIN, *promptement aussi.*

La faute est faite,
Ah ! l'on vous y prend, Suzette,
Vous-même avez fait la loi...

SUZETTE.

Eh ! oui, vraiment, je m'apperçoi
Que je manque à la loi
Mais tenez, de bonne foi,
J'ai cru que lui c'était moi.

TOUS.

Une pénitence, une pénitence, Babet.

Air : *Le briquet frappe la pierre,*

A Suzon, pour pénitence,
Moi j'ordonne sans façon.

(*Montrant Bastien.*)

Tout bas à ce beau garçon
De faire une confidence.

MALVISART.

Moi je m'oppose à ce choix.

TOUS, *au greffier, le retenant pendant que Bastien va à Suzette.*

Du jeu vous suivrez les lois. (*bis*)

COLIN.

Une confidence est faite
Entre eux deux en moins de rien.

SUZETTE, *à Bastien, à qui elle a déjà parlé bas.*

Bastien, vous comprenez bien.

(*Pendant cette ritournelle et la suivante, elle lui parle toujours bas, en indiquant son projet par quelques gestes.*)

BASTIEN, *ravi.*

Oh ! je t'entends, ma Suzette.

SCENE XIII.

Les précédens, LE BAILLI, *survenant.*

LE BAILLI, *au greffier, lui montant les deux amans.*

Suite de l'air :

Eh quoi ! vous souffrez, morbleu...

MALVISART, *bonnement.*

Mais , bailli , ce n'est qu'un jeu

LE BAILLI , *avec colère.*

Ce n'est qu'un jeu.

MALVISART.

Ce n'est qu'un jeu.

} (*bis*)

LE BAILLI , *aux Villageois.*

Eh ! bien , je n'entends pas qu'on joue.

Air : *De la langue de Cythère.*

Sur le champ que l'on s'éloigne.
(*bas*) Vous , Suzon , restez ici.

MALVISART, *à part.*

Pour moi quel zèle il témoigne.

LE BAILLI , *à Malvisart.*

Vous , mon cher , partez aussi.

MALVISART.

Enfin votre zèle habile
Va la décider , je crois.

LE BAILLI , *malignement.*

Mon ami , soyez tranquille ,
J'agirai comme pour moi.

(*Ils sortent.*)

SCENE XIV.

SUZETTE, LE BAILLI.

LE BAILLI , *d'un ton de reproche à Suzette.*

C'est très-bien , mademoiselle , c'est très-bien !

Air : *Il vous dit qu'il vous aime.*

Eh quoi ! Bastien encore?...

SUZETTE, *avec une fausse ingénuité.*

Pour la dernière fois...

LE BAILLI.

Vous l'écoutez encore ?..

SUZETTE, *de même.*

Pour la dernière fois...

LE BAILLI.

Mais d'encore en encore,
Il vous allait, je crois,
Prendre un baiser encore...

SUZETTE, *toujours de même.*

Pour la dernière fois.

LE BAILLI.

Au moment où le notaire va vous apporter le dédit....

SUZETTE.

Oh! je tiendrai ma parole.

LE BAILLI.

Tout de suite, Suzette, tout de suite.

SUZETTE, *à part.*

Plutôt que vous ne voudrez. (*Haut.*) Allons.

Air : *De ma barque légère.* (d'Anacréon.)

Sur ma barque légère,
A l'instant placez-vous.

LE BAILLI, *y montant.*

Que cette île pour nous
Soit celle de Cythère.
Ris charmans , jeux badins ,
Soyez seuls du passage,
Restez sur le rivage ,
    Scrupules vains.
Quel doux tableau , ma chère,
Doit offrir ce séjour !
Venus en batelière
Sur les flots va guider l'amour. (*bis*)

(*Suzette détache sa barque et dispose tout.*)

SUZETTE, *à part.*

Pour le coup, celui-là est bien aveugle.

LE BAILLI.

Suzette , voulez-vous que je vous aide à ramer ?

SUZETTE.

C'est inutile, je me défie de vos manœuvres : égayez
plutôt le passage par quelque petite chanson.

LE BAILLI.

Volontiers, j'en sais précisément une (*à part*) qui est ma foi de circonstance.

Air: *Comme çà ce n'est pas bien.*

« Un pêcheur sur le Loiret,
» Assis tout près de Rosette,
» En pêchant, lui répétait
» Ce refrein de chansonnette. (*bis*)

(*Regardant malignement Suzette.*)

» Il est pris, petit poisson,
» Quand il mord bien à l'hameçon,
» Il est pris, petit poisson ; »
C'est le refrein de ma chanson.

(*Le bateau touche à l'île.*)

SUZETTE.

Même air.

Au port nous voici tous deux ,
Et pendant que je remarque
Où mon bateau sera le mieux,
Vous, débarquez.

LE BAILLI, *descendant dans l'île.*

Je débarque.

SUZETTE, *repoussant vîte sa barque en pleine eau.*

Nage encor, petit poisson,
Qui mordait bien à l'hameçon,
Nage encor petit poisson,
C'est le refrein de ma chanson.

LE BAILLI, *furieux.*

Qu'est-ce que vous faites donc ? qu'est-ce que vous faites donc?

SUZETTE.

Justice, monsieur le Bailli, c'est que vous ne vous y connaissez pas.

LE BAILLI, *furieux.*

Air: *Dans la vigne à Claudine.*

Ah ! quelle perfidie !

SUZETTE.

Pourquoi vous récrier ?
Dans cette île jolie
Pourrait-on s'ennuyer?
Quel doux ombrage forme
L'ormeau dans ce séjour !
Attendez là sous l'orme
Suzette et son amour. (*ter*)

LE BAILLI.

Air : *Ah ! le bel oiseau maman.*

(Mineur.)

Dieu ! quel scandale cruel
Va causer cette aventure !
Ah ! Suzette , au nom du ciel ,
Taisez-la , je vous conjure.

SUZETTE.

Ah ! vraiment croyez cela ,
Non , bailli, non , je vous jure ,
Ce n'est pas sur ces tours-là
Qu'une femme se taira.

(*Elle met pied à terre.*)

Même air.

Accourez tous promptement
Habitans de ce village ,
Venez voir l'oiseau charmant
Que Suzette a mis en cage.

SCENE XV.

LE BAILLI, *dans l'île*, SUZETTE , Garçons et Filles ,
le Notaire , *apportant l'acte.*

TOUS , *en voyant le Bailli.*

Suite de l'air :

Ah ! voyez le bel oiseau !
Comme il est bien dans sa cage !
Ah ! du moins le bel oiseau
N'y pourra pas manquer d'eau.

SCÈNE XVI.

Les précédens, MALVISART.

MALVISART.

Air : *Où s'en vont ces gais bergers ?*

Le bailli vous a-t-il dit,
Suzon , que je vous aime ?

SUZETTE.

Dès long-tems , s'il me poursuit ,
Ce n'est que pour lui-même.

MALVISART.

Grand dieu ! je ne puis cacher

Mon trouble , ma colère.
Je veux lui parler.... où le chercher ?..

SUZETTE.

Cherchez... dans la rivière.

MALVISART.

Comment dans la rivière ?

LE BAILLI.

Eh ! oui, me voilà, me voilà.

MALVISART, *riant.*

Ah ! ah! ah !

Air : *Modérons, modérons-nous.*

Mais vieux fou que prétendiez-vous ?

LE BAILLI.

Quoi ! troupe insolente,
Vous restez indifférente !...
Sur le champ qu'on vienne vers nous,
Ou redoutez tous
Mon trop juste courroux.

TOUS, *ironiquement.*

Modérez , modérez, modérez-vous.

LE BAILLI.

Ah ! quecet outrage
Se paira cher à ma rage !

MALVISART.

Ensemble.
{
Modérons , modérons , modérons-nous ,
Il peut , par courroux,
De moi faire un époux.

TOUS.

Modérez , modérez, modérez-vous ,
La nuit calmera ce trop bouillant courroux.

SCENE XVII.

Les précédens , BASTIEN, *déguisé en courier.*

BASTIEN , *très-haut.*

Fuyez vîte , mes amis, fuyez vîte. J'accours en poste
pour vous dire que le Loiret, gonflé par des pluies abon-
dantes , a rompu toutes ses digues. Vous n'avez que le tems
de vous sauver.

LE BAILLI, *effrayé.*

Ah! mon Dieu !

La Batelière.   E

BASTIEN.

Air : *Il en faut si peu.*

Il est débordé,
Tout est inondé,
   Submergé,
   Saccagé,
Tout est ravagé.
L'onde en tous les sens
S'étend dans nos champs,
Et fait à chaque instant
Un progrès marquant.

LE BAILLI, *épouvanté.*

Ah ! je tremble.
Tous ensemble
   Accourez,
   Me secourez.

TOUS, *hors Suzette.*

Point de grâce :
De sa place
Il veut abuser.

SUZETTE, *aux villageois.*

Daignez l'excuser.
(*au Bailli*) Ecoutez, Bailli,
   L'on veut bien ici
   De cet accident-ci
   Vous préserver, si
   Vous voulez soudain
   Formant mon hymen,
Par le plus doux lien
M'unir à Bastien.

LE BAILLI, *vivement.*

Oui, oui, de tout mon cœur,
Je veux votre bonheur.
Que Bastien vous épouse, Suzette,
   Que Suzette
   Lui remette
Pour dot le bateau.

TOUS.

Ah ! bravo ! bravo !

SUZETTE, *au notaire.*

C'est bien entendu.

LE NOTAIRE.

L'acte en est conclu ;
Il a de bons témoins,
J'en ai fait à moins.

LE BAILLI.

Mais à mon danger
Daignez donc songer,
Laisserez-vous ainsi
Noyer un Bailli

(Pendant cette scène, Malvisart, qui trouve que la voix de Bastien lui est connue . a tenté envain de le reconnaître avec une lorgnette.)

BASTIEN, *se découvrant.*

Non , non , vraiment , on va vous chercher pour la nôce.
(Un paysan ramène le Bailli sur le bateau.)

Air : *Du pas redoublé.*

Dès cet instant
Ayez pourtant
L'âme plus rassurée ;
Dans son lit ,
Comme elle en sortit ,
La rivière est rentrée.

(Prenant la main de Suzette.)

Dans mes droits je rentre , et je sens
Que pour vous c'est pénible;
Mais rentrez dans votre bon sens ,
Si la chose est possible.

SUZETTE.

Et surtout, plus d'amour , monsieur le Bailli.

LE BAILLI, *débarquant.*

Ah ! Dieu merci; m'en voilà revenu !

MALVISART', *le prenant à part.*

Bailli, je n'ai plus qu'un mot à vous dire.

Air : *Vous, aimables Fillettes.*

Grâce à votre obligeance,
Je suis mis hors de cour.
Ah *!* si je recommence
A m'occuper d'amour ,
Pour que je réussisse ,
Pour mieux me protège
Rendez-moi le service (*bis*)
De ne pas m'obliger. (*bis*)

LE BAILLI.

Ah! greffier, comme ils m'ont trompé ! ai je été assez fou ?

MALVISART.

Cher collègue, donnons-nous la main.

VAUDEVILLE.

Air : *Vaud. des Amours d'été.*

LE BAILLI.

Vieillards qu'agite d'amour
Par fois le brûlant délire ,
Profitez au moins du tour
Que l'on me joue en ce jour.
Quittez
Les fières beautés ;
Ne comptez

Pas les réduire,
Par des objets ingénus
Vos vœux seront mieux reçus.

MALVISART.

Pauvres barbons,
N'écoutez pas ces leçons,
C'est vainement
Qu'un vieillard devient amant,
Puisqu'un objet charmant,
Même en daignant
Vous conduire,
Ne peut mener encor } bis avec
Votre barque à bon port. { le chœur.

BASTIEN.

Belles, ce n'est point à vous
A nous guider vers Cythère;
Mais pour un emploi si doux,
Vous pouvez compter sur nous.
Ne redoutez nul danger,
Et vers l'île du mystère
Quand vous voudrez voyager,
Laissez-nous vous diriger.

BABET.

Jeunes tendrons,
N'écoutez pas les leçons
Et d'un amant
Défiez-vous constamment.
Car c'est le plus souvent
En causant notre naufrage
Qu'un amant sans effort
Men' sa barque à bon port.

SUZETTE, au Public.

En France on sait que jadis
Les saisons vinrent produire
Tableaux partout applaudis,
Refreins en tous lieux saisis.
Des *Vandangeurs* en gaîté
On aima l'heureux délire;
Et des *Amours de l'été*
Tout Paris fut enchanté.
Après trente ans,
Momus dans
Ses joyeux chants,
Vous offre encor sur les eaux
Tableaux
Nouveaux;
Protégez son essor,
Messieurs, un geste, un sourire,
Pourront conduire
Encor
Notre barque à bon port.

TOUS.

Protégez son essor, etc.

FIN.

www.ingramcontent.com/pod-product-compliance
Lightning Source LLC
Chambersburg PA
CBHW061624180626
46818CB00005B/2227